A SES CONCITOYENS,

LE GÉNÉRAL

DONNADIEU.

A SES CONCITOYENS,

LE GÉNÉRAL

DONNADIEU.

SECONDE ÉDITION.

A PARIS,

CHEZ LE NORMANT, IMPRIMEUR-LIBRAIRE,

RUE DE SEINE, N° 8, PRÈS LE PONT DES ARTS.

M DCCC XIX.

A SES CONCITOYENS

LE GÉNÉRAL

DONNADIEU.

———

APRÈS avoir passé sa vie à combattre les ennemis
de son pays à son corps défendant, il est difficile
d'accepter la réputation d'assassin de ses concitoyens, par cela seul qu'on a fait son devoir, et
qu'on a préservé ce même pays des malheurs que
l'incapacité ou le crime des chargés du pouvoir
pouvoient lui causer. Tant que la passion et la haine
des partis ont attaqué seules et mes actions et ma
conduite, j'ai dû me taire. Mais que les ministres
(ou plutôt un ministre, seul coupable de tous les
maux arrivés depuis quatre ans en France) osent
joindre leurs voix à celles des partis, par les journaux qui leur sont dévoués, pour élever des doutes
injurieux à mon honneur, dans les événemens où
j'ai dû réparer les fautes de ces ministres, voilà le
degré de folie et d'audace auquel il étoit difficile
d'atteindre.

J'ai supporté patiemment tous les outrages et
tous les dégoûts dont j'ai été abreuvé depuis cette
fatale époque des troubles du Dauphiné, par un ministère qui prétend être le gouvernement : c'étoit
par le mépris que je devois répondre à ce délire de
conduite ; mais puisque, non content de ces extravagantes iniquités, on voudroit encore attaquer
mes sentimens et la loyauté de mon caractère, je vais
mettre au jour la conduite de ces fameux conduc-

teurs d'Etat, et la mienne. Je vais faire connoître à la France où est la vérité et l'imposture, où est l'honneur et le vice, de quel côté sont ceux qui ont rempli leur devoir, et ceux qui l'ont trahi, qui mérite l'estime ou le mépris de nos concitoyens.

J'ai passé ma vie dans les camps, sans crainte et sans reproche!... Etranger à tous les maux qui ont désolé notre belle patrie, je n'ai su que la défendre! Mon nom n'est connu dans le témoin irréfragable de toutes nos scènes politiques (*le Moniteur*) que par d'honorables faits d'armes et mon sang versé sur le champ de bataille. Il est peu de Français, j'ose le dire, qui aient porté plus loin l'amour de leur pays, la haine de l'injustice et de l'arbitraire, sous toutes les couleurs qu'ils se soient présentés. Buonaparte a pu alternativement me faire passer du champ de bataille dans les fers, il n'a jamais pu contraindre la fierté de mon âme à supporter patiemment son joug de fer. J'étois de nouveau proscrit par lui, lorsque l'illustre famille des Bourbons a reparu sur les terres de France.

Au retour de cette antique Maison, je crus voir triompher toutes les vertus et les belles qualités qui honorent l'homme. Je crus que le règne de la justice et des lois alloit enfin être rétabli; que la France alloit désormais respirer en paix, et cicatriser toutes ses plaies sous l'empire d'un gouvernement juste autant que sage; bien convaincu que la monarchie légitime et héréditaire pouvoit seule convenir à notre pays, je m'y suis dévoué sans réserve, avec ce zèle que m'a toujours inspiré l'amour de la patrie!

En 1815, long-temps avant que Buonaparte ne revînt toucher le sol de la Provence, j'avois annoncé son retour, et les terribles conséquences qui en seroient la suite. En vain j'écrivis à Paris, mes avis ne furent pas écoutés. Lorsque l'événement eut

justifié mes craintes, je fis tous mes efforts auprès
des troupes et auprès de mes camarades, à Tours
et à Bordeaux, pour leur démontrer tous les malheurs que ce retour alloit appeler sur la France,
l'armement indubitable de l'Europe contre nous,
et l'invasion certaine dont nous serions encore une
fois victimes.... Je parlai de la foi du serment, de
la pureté de nos armes.... Il étoit arrêté, dans les
décrets de la Providence, qu'une seconde fois notre
belle patrie passeroit sous le joug..... Heureux,
mille fois heureux de me trouver auprès d'une
Princesse que tant de vertus et tant de malheurs
rendent un objet sacré de respect et de vénéra-
tion ; j'accompagnai ses pas dans les pays étrangers : chargé par le Roi de missions diplomatiques,
je rendis grâce au ciel qui m'éloignoit du théâtre
de la guerre. Je n'y reparus, sur les bords de la
Bidassoa, que pour arrêter le général espagnol
prêt à entrer sur les terres de France ; ce qu'il auroit fait, si le drapeau blanc n'eût été immédiatement arboré sur les tours de Bayonne. Je me
présentai seul devant le gouverneur de cette ville
(le général Touvenot), pour lui représenter les
conséquences funestes qui alloient résulter de sa
conduite, s'il ne reconnoissoit les ordres du Roi ;
que, par une résistance inutile et sans but, il alloit
appeler une armée étrangère de plus sur notre
territoire. Je fus assez heureux pour le con-
vaincre et le déterminer. Ainsi j'eus le bonheur
de rentrer dans mon pays en le sauvant d'un
désastre. Arrivé à Paris, je rendis compte de
de ma conduite à Sa Majesté ; elle voulut bien
m'en témoigner sa satisfaction. Peu de temps après
je fus appelé au commandement de la septième
division militaire, à Grenoble. En prenant congé
du Roi, Sa Majesté voulut bien me dire « qu'elle
» m'avoit confié le commandement de cette pro-
» vince, parce que c'étoit celle du royaume qui

» avoit le plus besoin d'un homme ferme et dé-
» voué; qu'elle comptoit sur ma sagesse et mon
» zèle pour le maintien de l'ordre, ramener les
» égarés, et comprimer les méchans. » Telles furent
les propres paroles de Sa Majesté.

Lors de mon départ pour Grenoble, la force
publique étoit entièrement anéantie en France,
toutes les armées licenciées; chaque militaire,
après vingt ans de combats et de gloire, alloit chercher dans son département un asile, une existence
que beaucoup ne retrouvoient plus. La province
dont le commandement m'étoit confié, est une des
plus belliqueuses de la France, et celle dont le caractère de ses habitans est le plus porté à l'indépendance, et par conséquent le plus difficile à se plier
au joug du pouvoir. Ce caractère n'est pas nouveau;
il fut tel à toutes les époques, dans les temps
anciens comme dans les temps modernes. Ainsi
furent les Allobroges, ainsi ont été les Dauphi-
nois sous Lesdiguère, et dans la fameuse assemblée
de Vizille, en 1788; tels ils sont aujourd'hui les
plus propres, de tous les Français, à commencer
une révolution, chaque fois que les grands moteurs
de ces crises publiques chercheront à les séduire
et à les entraîner. Certainement aucune époque
n'étoit aussi favorable pour tenter un grand mouvement, que celle des premiers jours de l'année
1816 : rien d'organisé en France; une administration à peine créée, un état militaire nouveau à
composer, pas un soldat pour faire respecter l'autorité; et contre tout cela, les passions les plus
fortement ulcérées, et presque portées au déses-
poir; des intérêts et des fortunes sans nombre
renversés, trois ou quatre cent mille individus
déplacés; telle étoit notre situation, lorsqu'il fut
déterminé à Paris, dans un conseil tenu par les
principaux personnages qui avoient joué un rôle
pendant les trois mois d'usurpation, qu'il falloit
tenter un grand mouvement sur toute la surface

de la France, appeler la nation aux armes, arborer les enseignes tricolores, au nom de Napoléon II, sous les auspices d'Eugène Beauharnais, comme lieutenant-général de l'empire ; renverser le trône des Bourbons, et chasser les étrangers. Ce plan arrêté, Lyon et le Dauphiné furent choisis comme les deux points les plus propres à commencer l'opération.

Didier, homme plein de courage et d'intelligence, étoit né dans ces contrées. Les occupations de toute sa vie lui avoient donné des connoissances locales et personnelles extrêmement étendues : il fut désigné pour aller organiser le complot, commencer l'action, que devoient diriger ensuite un chef et ses lieutenans, qui arriveroient par la Suisse. Une partie de l'Auvergne, de la Franche-Comté, du Bourbonnais et de la Bourgogne, devoit se lier au mouvement du Dauphiné et de Lyon, tandis que les autres provinces de France se trouveroient également disposées par d'autres agens à suivre les progrès de l'insurrection.

A peine étois-je arrivé en Dauphiné, que les indices du mouvement qui se préparoit frappèrent mes yeux : j'en fis part immédiatement aux ministres du Roi. Aux rapports que je ne cessois de faire sur les symptômes qui se manifestoient, on me répondoit toujours que j'étois dans l'erreur, que je me trompois. Cependant une première action commence à éclater à Lyon : le 19 janvier les conjurés sont pris sur le fait. Didier s'échappe ; on met en jugement plusieurs coupables ; l'affaire est étouffée ; aucun des fils de la vaste trame n'est saisi.

La tentative ayant échoué à Lyon, il fut décidé que ce seroit à Grenoble, par l'action combinée de tout le Dauphiné sur cette ville, que le mouvément recommenceroit ; les arsenaux de cette place, où se trouvoient alors quarante mille fusils neufs arrivés de Saint-Etienne, et une nombreuse artillerie de campagne, venue des Hautes-Alpes et du fort Barraux, secondoient parfaitement bien les grands avantages qu'offroit le Dauphiné. Quels étoient mes moyens contre cette grande puissance de rébellion? Quelques paysans réunis à Grenoble, formant le noyau de la légion de l'Isère. Vainement je faisois part à Paris de mes inquiétudes, la police répondoit toujours (me disoit le ministre de la guerre dans sa correspondance) que je me trompois, que rien n'arriveroit. Ce ne fut qu'à la fin, sur mes demandes réitérées, que le duc de Feltre donna l'ordre aux chasseurs d'Angoulême, alors à Montpellier, de se rendre à Grenoble, et que je pris sur moi de faire venir dans cette même ville les dragons de l'Hérault, qui étoient à Valence. Tout cela se fit sans la participation de la police, et non par ses ordres, ainsi que l'a dit M. de Cazes à la tribune des Chambres. Ce qui sera prouvé plus bas, dans la lettre que j'eus l'honneur d'écrire à SA MAJESTÉ, le 23 janvier 1817. C'est dans cet état de choses, que dans les premiers jours du mois d'avril, M. le ministre de la police demanda à SA MAJESTÉ que le commandement de la septième division militaire me fût retiré. Le duc de Feltre insista pour que je ne fusse pas déplacé. L'insurrection éclate enfin ; malgré tous les avis donnés à la police, aucune précaution n'avoit été prise par elle : ce ne fut qu'au hasard, et au hasard le plus extraordinaire, que je dus de connoître, à neuf heures et demie du soir, qu'une conspiration devoit éclater simultanément, à main armée, à minuit, et dont le contre-coup devoit se faire sentir à la fois dans tout le royaume. On trouvera le détail de cet événement, dans ma lettre AU ROI.

A peine cette sédition fut-elle apaisée, que tous les ressorts de la police furent mis en action pour en atténuer les circonstances. M. le comte de Cazes n'étoit pas encore arrivé au degré de puissance qu'il a acquis depuis; sans cela, pas de doute que j'eusse été dès ce moment, moi-même, accusé d'être l'auteur de cette triste catastrophe. SA MAJESTÉ daigna m'accorder des distinctions flatteuses; mais dès ce jour il n'est sorte de procédés aussi honteux que lâches, dont je n'aie été l'objet de la part du ministère. Pour bien éclairer l'opinion sur le caractère de M. le ministre de la police, et sur la véracité de ses assertions, je vais transcrire ce qu'il a dit à la tribune de la Chambre des Députés, sur les événemens de Grenoble, et ce que j'ai répondu par ma lettre au Roi.

M. le comte de Cazes a dit dans la séance du 15 janvier 1817, à la tribune de la Chambre des Députés : « On a parlé de Grenoble et de Lyon ;
» on a dit que la loi avoit été inutile, parce que,
» sur un seul point du royaume, on n'avoit pas
» prévenu un mouvement séditieux ; l'exception
» ici confirme la règle : quand il seroit vrai que
» l'administration auroit été imprévoyante sur un
» seul point, il ne seroit pas moins vrai de dire
» qu'elle auroit encore bien mérité de la patrie,
» par son succès sur tous les autres points du
» royaume ; mais comment a-t-on pu accuser le
» gouvernement d'imprévoyance sur les événe-
» mens de Grenoble ? il est au-dessus de pa-
» reilles attaques ; je puis ici facilement retracer
» les faits.

» L'affaire de Grenoble n'a pas été imprévue :
» sans la prévoyance du ministre, le mal eût été
» beaucoup plus grave : l'état de Grenoble étoit
» connu depuis trois semaines, des forces impé-
» rieuses avoient été, sur notre demande, en-
» voyées dans cette ville ; et, sans cette précau-
» tion, on ne peut dire quel eût été le sort de
» Grenoble.

» MM. les députés de l'Isère savent que la
» veille de l'attaque, sept personnes avoient été

» arrêtées dans la ville, c'est ce qui a empêché
» que le complot n'éclatât dans les murs à la fois
» et hors des murs ; c'est ce qui a permis à l'auto-
» rité prévenue d'envoyer des troupes au-devant
» des rebelles : quelle a été d'ailleurs cette attaque ?
» quel est donc ce besoin de grossir ainsi les dan-
» gers, et de faire croire à des maux qui n'ont pas
» été aussi graves qu'on l'a prétendu? Trois cents
» paysans égarés, dont un tiers ignoroit le motif
» pour lequel on leur avoit fait prendre les armes,
» et croyoit (le fait a été positivement reconnu)
» venir assister à des fêtes et à des réjouissances ,
» ont été les auteurs de ce mouvement séditieux.
» Les malheureux étoient entraînés par un chëf
» que la police poursuivoit depuis trois mois, et
» qui n'a été arrêté que par ses soins (1). »

J'opposerai à cette espèce de rapport la lettre
que je crus devoir mettre sous les yeux de Sa Ma-

----

(1) *Circulaire de son excellence le ministre secrétaire-d'État
au département de la police générale du royaume.*

Paris, le 6 mai 1816.

M. le préfet, j'apprends qu'une poignée d'insurgés vient de
se porter sur Grenoble, et que déjà la plupart ont, sous les
murs même de cette ville, reçu le châtiment de leur témérité.
Quoique peu nombreuse, la garnison les poursuit sur tous les
points do leur retraite. Elle a dû rentrer dans la place avec un
nombre considérable de prisonniers; mais comme il importe
d'arrêter le mal dans sa source, et d'empêcher les communica-
tions que des factieux aussi désespérés pourroient s'être ménagées
dans les pays circonvoisins, comme il seroit possible que vous
fussiez ménacé d'y voir éclater des mouvemens semblables, je
me suis empressé, de vous dépêcher une estafette, afin que vous
fussiez sur vos gardes, toujours prêt à agir et à seconder l'ensemble des opérations qu'exigeroit l'urgence des circonstances.
Si vous apercevez le plus léger symptôme de soulèvement, ne
balancez pas. La plus grande vigueur et une rigueur égale doivent être déployées dès le principe. L'HÉSITATION SEULE SEROIT
COUPABLE, PARCE QUE LES SUITES EN SEROIENT INCALCULABLES.
EN PAREIL CAS, UN POUVOIR DISCRÉTIONNAIRE EST CONFIÉ AUX
MAGISTRATS. Le danger, je l'espère, n'aura point gagné votre
département. Mais il faut le prévenir; il faut être en mesure de
porter des forces là où il se manifeste; il faut contribuer à sauver la chose publique. Ce n'est pas le déploiement du pouvoir

(9)

JESTÉ, aussitôt que le discours de M. le ministre fut parvenu à ma connoissance.

« SIRE,

» Jusqu'à ce jour j'ai dû mépriser les commen-

---

et de la force qui alarme, c'est le mal lui-même, dont on se plaît à exagérer la gravité et l'importance, lorsqu'on ne voit pas qu'il y soit apporté un prompt remède. LA GENDARMERIE DOIT RESTER TOUJOURS SUR PIED, ET NE FAIRE AUCUN QUARTIER AUX PREMIERS REBELLES QUI OSEROIENT SE MONTRER. Tout canton insurgé (je suppose ici un état de choses qui, sans doute, n'existe point dans votre département) doit être considéré comme en état de siége. Concertez-vous avec l'autorité militaire; agissez à propos et avec célérité; tout ce que vous aurez fait d'accord aura l'approbation du Roi.

Dans une occasion où il faut multiplier les moyens de police, ne soyez pas arrêté par le défaut de fonds; toute dépense que vous aurez reconnue nécessaire vous sera remboursée.

Si vous aviez sujet de concevoir des inquiétudes réelles, dans le pays que vous administrez, vous êtes pleinement autorisé à vous assurer de celles des personnes dont les mauvaises dispositions vous sont connues, et qui vous paroîtroient dangereuses.

Je vous laisse à cet égard toute la latitude nécessaire, et la délégation, en tant que de besoin, de tous les pouvoirs conférés par la loi du 29 octobre.

Mettez la garde nationale en mouvement; veillez à ce que les points les plus importans soient occupés; stimulez le zèle des fidèles serviteurs du Roi; PROMETTEZ DES RÉCOMPENSES A CEUX QUI FEROIENT D'UTILES RÉVÉLATIONS; ne négligez rien pour arriver à connoître les chefs et l'étendue du complot, et les moyens des affiliés. SI LE GOUVERNEMENT POUVOIT CONCEVOIR DES INQUIÉTUDES RÉELLES, d'un mouvement qui paroît avoir été réprimé d'une manière aussi prompte et aussi rapide, il seroit plus que rassuré sur les suites, par la connoissance qu'il a de votre vigilance et de votre fermeté.

Afin de faciliter vos relations, Monsieur, vous trouverez ici la liste des départemens auxquels j'envoie de semblables instructions.

Isère. — Rhône. — Hautes et Basses-Alpes. — Drôme. — Côte-d'Or. — Saône et Loire. — Ain. — Jura. — Doubs. — Puy-de-Dôme. — Haute-Loire. — Loire. — Ardèche et Lozère.

Multipliez vos relations, Monsieur; dépêchez-moi un exprès au moindre mouvement; prenez conseil des circonstances; usez de la latitude qui vous est accordée; vous pouvez compter sur l'approbation comme sur l'appui du gouvernement.

Agréez, monsieur le préfet, l'assurance de ma considération distinguée.

Le ministre secrétaire-d'Etat au département de la police générale du royaume.
Signé le Comte DE CAZES.

taires divers faits dans les journaux et ailleurs sur les événemens qui ont eu lieu dans le département de l'Isère , et particulièrement à Grenoble , dans le mois de mai dernier. Des propos obscurs et incohérens , propagés par la malveillance ou la calomnie , ne pouvoient atteindre un lieutenant-général de vos armées , dont la conduite , les principes, le dévouement pour Votre Majesté et son auguste famille , sont connus de la France et de l'Europe entière.

» Mais, Sire, lorsqu'un des ministres de Votre Majesté, dans un discours prononcé à la Chambre des Députés , rendu public par la voie de l'impression , a dit que l'attaque de Grenoble n'a été qu'une réunion de trois cents hommes égarés , la plupart venus pour assister à des fêtes et à des réjouissances ; que cette insurrection , prévue à l'avance, étoit sans danger, d'après les précautions prises pour en arrêter les conséquences fâcheuses... il faut que ce ministre ait été induit en erreur par les rapports de ses agens , que les circonstances de cette rébellion lui soient entièrement inconnues ; car je ne puis penser que S. Exc. ait voulu tromper Votre Majesté et la France entière , sur un événement de cette nature. Je crois donc , dans mes devoirs, dans mon honneur, dans celui des braves troupes qui se conduisirent si noblement , de mettre sous les yeux de Votre Majesté les faits tels qu'ils se sont passés, afin qu'elle sache que si elle a daigné répandre sur elles des faveurs et des grâces, ces fidèles soldats les avoient réellement méritées !

» J'avois rempli pendant les cent-jours des missions importantes à Londres , à Bruxelles et en Espagne , lorsque , en preuve de sa satisfaction, Votre Majesté m'appela en novembre 1815 au commandement de la septième division militaire.

» J'arrivai à Grenoble le 7 décembre. Je trou-

vai dans le département de l'Isère tous les élé-
mens de troubles et de désordres réunis ; dès le
premier moment ma correspondance avec le ministre de la guerre appela son attention sur un
état de choses dont je prévoyois les dangers : j'en-
tretins d'abord S. Exc. de la nécessité d'augmen-
ter les brigades de gendarmerie du département
de l'Isère ; je lui désignai particulièrement le canton de Bourg-d'Oisans, comme ayant besoin d'une
police armée et répressive. La réponse du ministre
fut que la situation du trésor ne permettoit pas ce
surcroît de dépense. Je demandai ensuite quelques
fonds pour assurer, par une surveillance particulière, le maintien de la tranquillité publique,
attendu l'insuffisance de la police administrative,
et le peu de confiance qu'elle m'inspiroit ; la
réponse du ministre fut encore la même : par
mes lettres des 6 et 7 février, je peignis à S. Exc.
l'état d'agitation qui régnoit dans le chef-lieu de
ma division ; je sollicitai qu'une des légions du
midi de la France, particulièrement celle de Bordeaux dont je connoissois le bon esprit, fût envoyée à Grenoble ; S. Exc. me répondit qu'elle ne
pouvoit disposer de la légion de la Gironde, qu'elle
m'en donneroit une autre. Le 24 mars suivant arriva à Grenoble le premier bataillon des chasseurs
d'Angoulême, formant aujourd'hui la légion de
l'Hérault.

» Mais ce n'étoit là que des forces bien insuffi-
santes ; n'ayant point de cavalerie, je pris sur
moi de faire venir de Valence à Grenoble les dragons de la Seine, forts alors de quatre-vingts
hommes, et de cent cinquante chevaux ; ils arri-
vèrent à Grenoble le 7 avril.

» J'avois souvent entretenu le magistrat chargé
de la police du département de l'Isère, du peu de
zèle et de bonne volonté que mettoient ses agens
pour surveiller les desseins de la malveillance. Mes
observations furent toujours sans effet.

» Dès le 21 janvier, époque où la conspiration de Lyon fut découverte, je fus instruit, à différentes reprises, par M. le comte de Damas, gouverneur de la dix-neuvième division militaire, que Didier ne pouvoit être que dans le département de l'Isère ; chaque fois je faisois part de ces nouvelles à M. le commissaire général de police ; toujours il me donnoit l'assurance que Didier n'étoit pas dans le département, qu'il avoit passé la frontière, tandis que dans le moment même, ce chef de conjurés, étoit logé dans un des faubourgs de la ville, chez le sieur Mirandon, brasseur. A cette époque, des placards contre l'autorité légitime, et des propos séditieux, se succédant à des intervalles rapprochés, présageoient un orage à la veille d'éclater ; je dus dès lors m'occuper à pénétrer des sentimens de ses devoirs le petit nombre de soldats que j'avois à ma disposition, lesquels n'étoient encore ni organisés, ni habillés, et avoient pour chefs des officiers provisoires : j'employai les moyens qui me parurent les plus sûrs pour gagner leur confiance, et être maître d'eux en cas de besoin. *Le Moniteur* de cette époque a fait connoître les discours que je leur adressai dans différentes circonstances... Le 4 mai arriva, le maréchal-de-camp commandant le département, le chef d'état-major et ses officiers, étoient partis pour se rendre sur la route de la Palude à Lyon, qu'alloit parcourir S. A. R. Madame la duchesse de Berry. Cent hommes de la légion de l'Isère (à peu près tout ce qu'il y avoit alors de disponible), et deux cents de la légion de l'Hérault, tous habillés à la hâte, devoient se mettre en marche le lendemain matin, pour se rendre à Saint-Vallier, à Vienne et sous les murs de Lyon ; j'en passai la revue le jour même. L'inspection terminée, je fus prévenu qu'il y avoit quelque fermentation dans la ville : je me rendis aussitôt chez M. le chef de la police, j'en reçus la réponse que tout étoit tranquille, et qu'il n'y avoit rien d'alarmant. Le soir, à huit heures et demie, ce magistrat entra chez moi, revenant de la promenade; le colonel de Vauttré qui étoit alors dans mon salon, ayant parlé à ce fonctionnaire, de menaces d'une nature un peu sérieuse, qui avoient été faites dans la journée, il répondit que tout cela n'étoit rien. A peine étoit-il sorti de chez moi, qu'un gentilhomme de la province, m'ayant fait demander un entretien particulier, me prévint qu'il y avoit décidément un complot, et de me tenir sur mes gardes; sur un avis aussi positif, je crus devoir avertir encore le chef de la police, lui demander si réellement il n'avoit aucune connoissance des trames qu'on disoit prêtes à éclater; il étoit alors neuf heures du soir; il me répéta de nouveau qu'il n'y avoit rien. Je sortois de chez lui, la tête pleine d'idées confuses, lorsque je rencontrai dans l'antichambre, M. Chuzin, adjoint de la Mure, tout épouvanté, sans chaussure et dans la plus grande agitation; ne me connoissant pas, il s'adressa à moi pour me demander le préfet, auquel il avoit à dire des choses importantes; je crus devoir le conduire moi-même, afin d'apprendre si les nouvelles qu'il apportoit étoient relatives au complot dont on venoit de m'assurer l'existence.

» M. Chuzin nous apprit, en effet, qu'il venoit à toute course de la Mure par des sentiers détournés, pour prévenir que les habitans de ce canton et des cantons circonvoisins s'avançoient en armes sur Grenoble, avec la résolution de s'emparer de cette ville, et de marcher ensuite sur Lyon, et de là, sur Paris, pour renverser le gouvernement; que c'étoit à Eybens, village distant d'une lieue de Grenoble, que devoit avoir lieu la réunion de tous les cantons sud et sud-est, pour de là marcher régulièrement sur la ville. M. Chuzin ajouta que les rebelles annonçoient être attendus à Grenoble par une

(14)

partie de la population, qui devoit leur ouvrir les portes, faire main-basse sur tout ce qui s'opposeroit à leur entrée, arborer le drapeau aux trois couleurs, et sonner le tocsin, qui devoit se répéter dans toutes les campagnes, pour en insurger les habitans. Ce récit est consigné dans un rapport fait et signé par M. Chuzin et le maire de la Mure. J'ai l'honneur de le mettre sous les yeux de Votre Majesté.

» A une nouvelle si extraordinaire, au moment d'un événement inattendu et si près d'éclater, je sortis précipitamment, dans l'intention de faire marcher deux détachemens de chacun cinquante hommes sur Eybens, pour y surprendre cette masse de rebelles. A cinquante pas de l'hôtel de la préfecture, je rencontrai un officier qui, m'apercevant à l'aide de la lumière d'un café, fit un mouvement extrêmement prompt pour m'éviter. Surpris de cette action, je me portai comme par instinct de l'autre côté de la rue, pour me rapprocher de cet individu; mais de nouveau il chercha à s'éloigner. Cette conduite équivoque éveillant mes soupçons, j'aborde sévèrement cet homme pour lui demander qui il étoit, et le motif qui le faisoit ainsi fuir à mon approche. Comme il faisoit très-sombre, je le ramenai de suite devant le café où je l'avois aperçu d'abord : là, il me déclara être un officier à demi-solde. Je vis dans le même moment qu'il cachoit un sabre sous sa redingote. Je le questionnai sur cette arme. Son hésitation à me répondre me détermina à l'examiner de plus près. Je trouvai deux pistolets d'arçon pendus à sa ceinture : ce fut pour moi un trait de lumière. Je ne doutai pas alors de l'existence d'une conspiration formée dans la ville pour se joindre à ce qui se passoit au dehors. N'ayant point d'officiers près de moi, puisque tous étoient partis de la veille, je me rendis chez les colonels des légions de l'Isère et de l'Hérault, pour leur ordonner de mettre sur-le-champ ce qu'ils avoient de troupes sous les armes, et prendre de suite les premiers cinquante hommes venus, pour les faire marcher, jugeant qu'il falloit, à tout prix, prévenir les rebelles, pour détruire leur plan d'attaque. Ces deux détachemens partirent, ayant à leur tête les jeunes gens de la ville, composant la garde nationale à cheval, qui devoient les diriger, au milieu de la nuit, par des chemins qu'ils ne connoissoient pas. Un quart d'heure s'étoit à peine écoulé depuis la sortie de ces deux détachemens, qu'un des cavaliers de la garde nationale, M. de Lestellet, revint à course de cheval me prévenir que les détachemens étoient repoussés par une colonne ennemie, au feu de la mousqueterie et aux cris de *vive l'empereur!*

» Une attaque aussi prompte exigeoit les plus fortes résolutions. Je me rendis à toute bride à la caserne de la légion de l'Isère, guidé, au milieu de la nuit la plus obscure (1), par ce même gentilhomme qui m'avoit donné le premier la nouvelle positive du complot. Je fis prendre les armes sur-le-champ, et, à la lueur de quelques flambeaux, faisant former la légion en colonne d'attaque, je rappelai aux officiers et soldats quels étoient leurs devoirs, la conduite que devoient tenir des hommes d'honneur contre les ennemis du Roi et de l'Etat. Je leur demandai s'ils se conduiroient en braves gens ; ils me répondirent tous que oui. Alors je fis battre la charge, et j'ordonnai au colonel de passer sur le corps de ces misérables, quel qu'en fût le nombre, de périr plutôt que de rétrograder. A peine furent-ils mis en mouvement, qu'ils rencontrèrent, sur les glacis même de la place, l'ennemi, qui marchoit au bruit du tambour et aux cris de *vive l'empereur!* cris auxquels il étoit répondu de l'intérieur des remparts par les dé-

____

(1) Les réverbères étoient tous éteints ; on ne pouvoit distinguer les maisons ni les rues.

tachemens organisés dans la ville, qui attendoient les assaillans.

» Aussitôt le feu engagé, je rentrai dans la place, dont je fis fermer la porte, et j'ordonnai de battre la générale. Je me rendois à la caserne de la légion de l'Hérault, pour la mettre en mouvement, et lui faire occuper la principale place, lorsque des gendarmes que j'avois envoyés sur le rocher de la Bastille, rocher qui domine la ville et se trouve dans l'intérieur des murs, vinrent m'annoncer qu'ils avoient été chassés de ce poste par une troupe rebelle, qui avoit franchi les murailles avec des échelles. Je dirigeai un détachement de cinquante hommes sur ce point, avec ordre de s'en emparer, à quelque prix que ce fût.

» C'est dans ce moment que j'aperçus des feux sur toutes les montagnes qui dominent la vallée, tout le cours de l'Isère depuis Vorêpe jusqu'à Chapareillon, c'est-à-dire sur un espace de quinze lieues. Tout fut éclairé dans un instant. Je ne doutai pas que ce ne fussent des signaux qui devoient décider le mouvement général de ces contrées. Heureusement, l'offensive prise par la légion de l'Isère, qui chassoit devant elle les bataillons de la Mure, de Vizille et du bourg d'Oisans, chargés de faire la première attaque, avoit déjoué une partie de leurs projets.

» La légion de l'Hérault établie en réserve, je fis placer des pièces d'artillerie à l'embouchure des principales rues, pour tenir en respect la ville, et empêcher que le feu de la mousqueterie ne s'engageât dans les rues : il étoit alors onze heures et demie, et la fusillade avoit lieu sur tout le front de la place. Au nord et à l'est, les détachemens de la légion de l'Hérault, et quelques hommes de la garde départementale et de la garde nationale défendoient l'entrée de la ville aux rebelles ; au midi, la légion de l'Isère se dirigeoit sur Eybens, malgré plusieurs charges à la baïonnette, qui lui

furent faites par des colonnes ennemies qui arri-
voient successivement. Cette situation dura jusqu'à deux heures et demie du matin, que les rebelles, repoussés sur plusieurs points, se retirèrent,
tandis que ceux de l'intérieur de la ville, maintenus
par l'artillerie et la bonne contenance de la légion
de l'Hérault, ne firent aucun mouvement. On ra-
massa, le lendemain, les armes de ceux-ci, qu'ils
avoient laissées sur les remparts, entre la porte
Très-Cloître, la porte Bonne, et dans presque
toutes les allées et rues de la ville, où ils s'étoient
réunis dans l'obscurité.

» Le colonel de Vauttré, justifiant parfaitement
la bonne opinion que j'avois de lui, poussa l'ennemi jusqu'à Eybens, où il se dispersa dans les
montagnes qui dominent ce village. Le jour arriva
sans qu'aucun autre événement extraordinaire ne
survînt; je me portai aussitôt de ma personne sur
la route d'Eybens. En sortant de la porte de Bonne,
je trouvai les cadavres des premiers rebelles tués
sur les glacis de la place, d'autres un peu plus
loin, et successivement sur la route que je parcou-
rois. Un rapport de la police a dit cependant qu'il
n'y avoit eu que sept hommes tués; mais ce ne
fut que le surlendemain 6, que la police envoya
sur les lieux pour reconnoître les cadavres, et,
durant cet intervalle, les parens et les amis de la
presque totalité de ceux qui avoient été tués s'é-
toient empressés de les faire enlever et enterrer.
C'est ainsi qu'on dénature tout. Eh quoi! l'ennemi
n'auroit perdu que sept hommes, quand la légion
de l'Isère, seule, se battant contre un nombre
dix fois plus fort, et obtenant la victoire, a eu
deux hommes tués et quatorze blessés.

» Sire, tels sont, dans l'exacte vérité, les faits
qui depuis lors ont subi tant d'altération pour
servir d'auxiliaire à l'esprit de parti.

» Rentré chez moi, le 5 mai, à onze heures du

matin, mon premier soin fut de faire amener devant moi l'officier que j'avois arrêté la veille, et que je soupçonnois être l'un des principaux complices de la sédition. Je voulois obtenir de lui des éclaircissemens sur cette criminelle entreprise, mais inutilement je l'interrogeai; il se renferma d'abord dans la dénégation la plus absolue. Le soir de ce même jour, son père se présenta chez moi, et m'assura que, si je voulois promettre la grâce de son fils, il se faisoit fort de le déterminer à dire tout ce qu'il pourroit savoir. Je crus devoir donner cette assurance, à condition d'une révélation entière. Je permis au père de voir le fils dans sa prison; à son retour, il vint me confirmer que son fils étoit prêt à tout m'avouer, à condition qu'il ne seroit point jugé, et qu'on lui feroit grâce de la vie, ce que je promis.

» Cet officier, nommé Aribert, lieutenant au corps royal d'artillerie, m'a déclaré qu'au moment où je l'arrêtai, il alloit joindre un de ses camarades, nommé Palais, aussi officier d'artillerie; que tous deux devoient se rendre à l'un des faubourgs de la ville appelé la Perrière, où les attendoit un détachement ayant à sa tête le nommé Dionet, chirurgien, avec lequel ils devoient aller s'emparer de l'Arsenal, et se rendre maîtres de ma personne, mon hôtel étant tout près de cet établissement. Un plan général, organisé dans l'intérieur de la ville, étoit dirigé par le nommé Biolet, chef de bataillon; dix détachemens, les uns de vingt-cinq, les autres de cinquante et de cent hommes, commandés par des officiers, devoient s'emparer des différentes portes de la ville, à onze heures et demie du soir, et les livrer à des bataillons organisés dans les campagnes, qui se trouveroient à cette même heure sous les murs de Grenoble. Une partie des habitans devoit s'unir aux rebelles, pour assurer l'occupation de la place.

» Interrogé sur le plan général de cette conspiration, le sieur Aribert me répondit qu'il savoit que Didier en étoit le principal agent; qu'aussitôt Grenoble occupée, le général d'Er... devoit prendre le commandement des troupes, qui, après quarante-huit heures, se trouveroient réunies au nombre de quinze à vingt mille hommes, marcher de suite sur Lyon, pour se joindre à plus de cent mille individus qui arriveroient des départemens de l'Auvergne, de l'Ain et de la Drôme; de là, cette armée se dirigeroit à grandes journées sur Paris, où tout étoit préparé pour la recevoir, renverser le gouvernement des Bourbons, et mettre sur le trône le fils de Buonaparte.

» Telles furent les déclarations de cet officier, qui ont été ultérieurement confirmées par les révélations de Didier, avec lesquelles elles coïncident parfaitement.

» Didier a dit que deux grandes réunions, formées à Paris sur la fin de 1815, qui prenoient le titre de société de l'indépendance nationale, avoient organisé un plan de conspiration; qu'il avoit été nommé leur principal agent, pour commencer le mouvement à Lyon ou dans le Dauphiné, ces lieux ayant été désignés comme les plus propres à donner l'impulsion, attendu les bonnes dispositions que l'on y connoissoit en faveur de ce parti.

» Six autres agens devoient également parcourir les départemens de la France dans d'autres directions, pour seconder les opérations commencées à Lyon et dans le Dauphiné. Didier partit de Paris, le 20 octobre 1815, avec des notes sur des agens subalternes, dévoués à cette cause, qu'il devoit trouver dans trente-six départemens, et qu'il a déclaré avoir rencontrés au nombre de cent dix-neuf. Il établit avec eux des relations, en parcourant la Bourgogne, l'Auvergne, la Franche-Comté, le Bourbonnais, et ensuite le Dauphiné; de là, il fut s'établir à Lyon, dans les premiers jours de janvier 1816, pour commencer son mouvement par cette ville.

»Le complot, à la veille d'être mis en exécution, fut découvert, le 19 janvier au matin, par le général Maringonné, commandant le département du Rhône (1), sans que la police fût instruite de rien : plusieurs de ses complices arrêtés alors ont été récemment jugés. Ce premier échec ne le découragea point; après avoir de nouveau parcouru cette province, assuré ses relations, établi ses agens qui devoient entraîner chaque canton, désigné le nommé Biolet, chef de bataillon, pour organiser et commander les détachemens dans la ville de Grenoble, il fit un voyage en Italie, revint par le Simplon à Lausanne où il eut, avec des personnages importans qui se trouvoient au château de Prangin dans le Valais, une conférence dans laquelle fut déterminé le jour précis où le mouvement auroit lieu sur Grenoble; et sur le premier avis qui leur en seroit donné, ces personnages devoient se rendre dans cette ville, pour prendre le commandement général des troupes (2).

» A son retour dans le département de l'Isère, Didier vint établir son quartier-général chez le sieur Buisson à Echirolle, près de Grenoble; tout étoit préparé pour une attaque prochaine : il avoit organisé chaque canton en bataillon dont il avoit donné le commandement à des officiers supérieurs.

»Didier voulut encore avoir des douaniers pour auxiliaires. Le sieur A***, un de leurs chefs, s'engagea, le 29 avril, de diriger sur Grenoble, dans la nuit du 4 au 5 mai, deux cent cinquante douaniers bien armés et bien équipés, tous vieux soldats; et, pour ne point donner l'éveil, le sieur A*** devoit échelonner ses bri-

---

(1) Ce qui a valu à cet officier, de n'être plus employé depuis cette époque.

(2) J'ai su depuis qu'un de ces personnages étoit dans Grenoble le jour même de l'attaque.

gades depuis Pontcharra, village de l'extrême
frontière, jusqu'à Giers, distant d'une lieue de
Grenoble, afin d'entraîner dans le mouvement la
population de la vallée. Le sieur A*** avoit promis d'arriver à la porte Très-Cloître au même
instant que Didier se présenteroit à la porte de
Bonne; mais, calculant les conséquences d'un
échec, il se décida à faire faire son mouvement par
un de ses employés, en lui recommandant de n'agir
de son point de départ de Giers que lorsqu'il
entendroit un coup de canon, signal convenu
pour faire connoître l'occupation de Grenoble
aux cantons environnans. Le signal n'ayant pas
eu lieu, il ne fit lui-même aucun mouvement
offensif, et Didier a attribué en partie à cette
inaction la non-réussite de ses projets.

» Didier m'a avoué lui-même avoir fait sa première attaque sur la porte de Bonne, avec quatre
cents hommes qui étoient ceux de la Mure et de
Mens ; repoussé jusqu'à la Croix-Rouge, il fut
rejoint par le bataillon du Bourg-d'Oisans, fort de
trois cents hommes, avec lesquels il se rallia, et
fit une seconde charge sur la légion de l'Isère.
Repoussé de nouveau jusqu'à moitié chemin d'Eybens, il fut secouru par ceux de ce village, de
Vizille et des environs, formant près de mille
hommes. Là eut lieu la troisième et dernière
charge, aussi infructueuse que les précédentes.
Didier eut son cheval tué, le capitaine de gendarmerie Joamini tomba percé de coups.

»Indépendamment de cette attaque, un corps de
rebelles commandé par le chef de bataillon Brun,
dit le *Dromadaire*, escaladoit les murs de la Bastille pour descendre dans la place ; d'autres détachemens armés qui devoient pénétrer par la porte
de France, s'avançoient à dix heures et demie du
soir, lorsqu'ils arrêtèrent sur la route une estafette
pour Lyon, envoyée par M. de Montlivaut ; ils
lui prirent ses dépêches, et la retinrent jusqu'au

moment que des signaux leur annoncèrent que l'affaire avoit échoué. (Ce postillon habite encore Grenoble.) Telles furent les déclarations de Didier, qu'il m'a réitérées en présence du chef d'escadron Dagoult, aide-de-camp du ministre de la guerre ; c'est devant cet officier qu'il me parla encore de conférences et de relations qu'il auroit eues par l'intermédiaire d'un tiers, avec un personnage dont je dois taire le nom, et dont Son Exc. le ministre de la guerre a dû, SIRE, rendre compte à VOTRE MAJESTÉ.

» Les sieurs Durif et Dussert, complices de Didier, jugés par la Cour prevôtale, et auxquels VOTRE MAJESTÉ a fait grâce, ont donné des explications moins détaillées, mais absolument conformes à celles qui précèdent. Le sieur Roblin, aubergiste à Eybens, où se réunissoient les conjurés, a fait également des aveux très-détaillés et encore plus étendus. Le colonel Camille-Gautier, auquel Didier avoit fait des propositions pour entrer dans la conspiration, m'a déclaré avoir été instruit alors par Didier, de tout ce que celui-ci m'a révélé....

» Les rapports des chefs militaires et des fonctionnaires civils de presque toutes les provinces de France, ont appris que ce même jour, 4 mai 1816, ou à des époques très-rapprochées, des mouvemens d'effervescence ont eu lieu dans les principales villes, preuves bien positives des ramifications étendues qu'avoit la conspiration.

» Ainsi que j'ai eu l'honneur de l'exposer à VOTRE MAJESTÉ, l'occupation de Grenoble devoit être annoncée par des signaux et des messages particuliers. Et voilà ce qu'on appelle une affaire de localité, un simple mouvement séditieux, qui ne pouvoit troubler la tranquillité publique que sur un seul point du royaume !

» La police avoit prévenu cet événement trois semaines d'avance ; je n'ose me livrer aux réflexions que feroit naître une semblable assertion.

» Avoir prévu un événement qui pouvoit entraîner le bouleversement de l'État, qui pouvoit
coûter la vie à des milliers de Français, qui en a
fait périr plus de cent sur le champ de bataille, et
vingt-six sur l'échafaud, et ne l'avoir pas empêché lorsqu'une seule patrouille de gendarmerie
dans les cantons insurgés, pouvoit le faire !

» SIRE, mon intelligence seroit ici confondue, si
les faits ne prouvoient pas le contraire de cette
déclaration de M. le comte de Cazes, car il dit
que c'est dès lors que des forces supérieures furent
envoyées dans Grenoble.

» Son Exc. se trompe ; la garnison de Grenoble
n'a pas été augmentée depuis le 7 avril, qu'arri-
vèrent de Valence les dragons de la Seine, sur
mes ordres particuliers, approuvés depuis par le
ministre de la guerre ; la légion de l'Hérault étoit
dans cette ville depuis le 24 mars. De plus, j'avois
l'ordre du ministre de faire partir les troupes de
cette garnison qui seroient habillées, le 28 avril,
pour aller occuper la ligne que devoit parcourir
S. A. R. Madame la duchesse de Berry, depuis la
Palude jusqu'à Lyon ; moi-même j'étois appelé à
Besançon, pour y faire partie du conseil de guerre
qui devoit juger le général Marchand, quoique,
deux fois, j'eusse écrit au ministre, pour lui faire
observer combien je croyois ma présence nécessaire dans ma division : je pris sur moi seul, SIRE,
dans l'intérêt de votre auguste service, l'initiative
de différer ce voyage. On invoque le témoignage
de MM. les députés de l'Isère, sur le fait, que
dans la matinée sept personnes avoient été arrêtées dans la ville, ce qui auroit empêché que le
complot n'éclatât dans les murs et au dehors.
D'abord, ce n'est pas sept, mais seulement cinq
individus qui furent arrêtés ce jour-là : les sieurs
Ravix, chef de bataillon à demi-solde, Teston,
avocat, Michel du Fléau, propriétaire, Benoît et
Clet, tous deux avoués ; ces individus n'ont fait

aucune déclaration ; du moins, s'ils en on fait, la police ne m'en a point parlé ; ils furent relâchés le soir même. L'un d'eux, le chef de bataillon Ravix, fut un des premiers officiers à demi - solde qui m'offrit ses services, et que VOTRE MAJESTÉ, en récompense de sa bonne conduite, a mis en activité dans une de ses légions.

» La police prétend aussi que ce n'est que par ses soins que Didier, principal agent de la conspiration, a été arrêté, tandis que c'est aux carabiniers royaux de S. M. le Roi de Sardaigne, que cette arrestation est due, d'après l'indication de deux de ses complices, Durif et Dussert, dans l'espoir d'obtenir leur grâce. Si les bandes qui attaquèrent Grenoble dans la nuit du 4 au 5 mai, étoient des paysans égarés qui venoient assister à des réjouissances, à des fêtes, pourquoi arrivoient-ils avec des fusils, des cartouches à balles et des armes de toute espèce ? pourquoi leur avoit-on donné des chefs pour les commander ? Enfin, comment les faisoit-on arriver entre onze heures et minuit, à pas de charge, et aux cris de *vive l'empereur !* Vingt-deux rebelles, choisis sur une centaine pris les armes à la main, ont été fusillés sur les glacis de la place. SIRE, j'avois sollicité la clémence de VOTRE MAJESTÉ en faveur de sept des condamnés ; une dépêche télégraphique ordonna *de les tuer sur-le-champ ;* ce n'étoit donc pas des gens égarés !

» Après le 4 mai, le chef de la police, dans ce département, vouloit me déterminer à faire renfermer dans la citadelle de Grenoble tous les officiers à demi-solde de la division ; cette proposition me fut faite en présence du premier président et du procureur-général, ainsi que des magistrats composant la Cour prevôtale ; qu'aurois-je fait, si je m'étois laissé aller à une pareille insinuation ! Mais je n'ai jamais confondu la conduite des officiers, la plupart entraînés par la crainte de perdre leurs emplois, source unique de leur existence, avec cette classe d'hommes intrigans et factieux par principe et par ambition, qui, depuis vingt-cinq ans, se font un jeu de livrer la France à tous les genres de révolutions, pour en retirer la plus grande somme de biens pour eux-mêmes, sans jamais rendre aucun service, sans jamais courir la chance d'aucun péril! Ce sont ces hommes qui, entretenant le peuple dans de fausses alarmes, inquiétant l'armée sur le sort que l'auguste famille des Bourbons lui réservoit, ont amené les malheurs que VOTRE MAJESTÉ a déjà éprouvés depuis son retour en France, et qu'ils feroient naître encore s'ils en trouvoient l'occasion. Voilà, SIRE, les véritables ennemis de l'État et du trône, et non les soldats français, qui, bien conduits, ne manqueront jamais à leurs devoirs et à l'honneur.

» Je suis, avec le plus profond respect,

de VOTRE MAJESTÉ,

SIRE,

» Le très-humble et très-obéissant serviteur et sujet,

» *Le lieutenant-général commandant la septième division militaire,*

» Vicomte DONNADIEU. »

Grenoble, 26 janvier 1817.

Je joins ici une pièce esssentielle, et qui montre quel étoit l'état du département de l'Isère à l'époque des événemens de Grenoble.

Evénemens du 4 au 5 mai 1816, qui sont de la connoissance du sieur de Ravel, chevalier de Saint-Louis, maire de la commune de la Mure, et du sieur Chuzin, notaire et adjoint de cette commune.

« Les événemens du 4 au 5 mai ont été assez remar-

quables pour être généralement connus ; mais trop
de gens s'en sont occupés, pour que la voix publique ait pu les rapporter exactement ; et, répétés
par un grand nombre de bouches, ils ont dû subir
beaucoup de variations. Les sieurs de Ravel et
Chuzin, qui n'en savent la majeure partie que sur
des récits vagues et mal circonstanciés, ne peuvent
rendre compte que de ceux dont ils ont été les
témoins, et auxquels ils ont participé ; s'ils en-
treprenoient de donner de plus grands détails, ils
pourroient tomber dans quelques erreurs, ou
commettre des inexactitudes : ils se bornent donc
à raconter ce qu'ils ont vu de leurs propres yeux
ou fait eux-mêmes. Le 1er mai, le maire et l'adjoint
de la Mure se trouvoient à Grenoble ; le maire
partit de cette ville le 2 mai au matin, et arriva le
même jour à la Mure ; l'adjoint en partit le 3 à
une heure après midi, et arriva à la Mure le même
jour à sept heures et demie du soir ; il vit à son
arrivée le maire, qui lui demanda s'il se passoit à
Grenoble quelque chose de nouveau, ajoutant
qu'il régnoit à la Mure de l'agitation ; le sieur
Chuzin s'aperçut en effet qu'il paroissoit y avoir
beaucoup de mouvement, mais à onze heures du
soir tout fut dans le plus grand calme. L'agitation
recommença le lendemain matin ; le maire et
l'adjoint prirent tous les moyens propres à en dé-
couvrir la cause ; à trois heures du soir ils apprirent
que sept à huit mille individus de la Mure, de
Vizille, du Bourg-d'Oisans et d'autres cantons des
environs de Grenoble, devoient se réunir à Eybens vers les dix ou onze heures du soir, y trouver
des armes, des vivres, des munitions, et être
commandés par Didier, ex-avocat à Grenoble, et
par un grand personnage qu'on ne nommoit pas,
et marcher sur cette ville dès que des feux allumés
sur la montagne de la Bastille auroient indiqué le
moment favorable. On leur ajouta que Didier et
les siens avoient dans Grenoble un parti considé-

rable, qui devoit leur ouvrir les portes de la ville, faire main-basse sur tout ce qui s'opposeroit à leur entrée, arborer le drapeau aux trois couleurs, et sonner le tocsin qui devoit se répéter dans toutes les campagnes, pour en insurger les habitans. Instruire les autorités de ce qui se passoit, et faire maintenir l'ordre dans la Mure, fut la première pensée des maire et adjoint de cette commune.

» Le maire resta à la Mure, et se promena sur les avenues, pour voir s'il entroit ou sortoit des étrangers.

» L'adjoint partit lui-même à trois heures pour se rendre à Grenoble auprès des autorités supérieures ; il rencontra sur la route, entre la Mure et l'Affrei, plusieurs groupes de conjurés qui ne s'opposèrent point à son passage ; mais en descendant à Vizille, un peu au-dessous de l'Affrei, il fut arrêté par une vingtaine de conjurés qui l'insultèrent, et le forcèrent de faire route avec eux. Arrivés au chemin qui conduit à Champ, il crut pouvoir se débarrasser de son escorte incommode ; il pressa vivement son cheval qui se fraya un passage, et suivit le chemin ; mais, à quelque distance, il fut arrêté par trois individus placés à cet endroit pour en intercepter le passage, précaution que les conjurés avoient prise à tous les chemins tendant de la Mure à Grenoble.

» Arrêté par ces sentinelles, et atteint par ceux de l'escorte qui l'avoient poursuivi, le sieur Chuzin fut forcé de rétrograder. On le fit descendre de cheval ; il fut insulté, maltraité, et conduit à pied jusqu'à Vizille.

» Il étoit six heures et demie lorsqu'on entra dans le bourg : tout y paroissoit tranquille, et ceux qui l'escortoient faisoient tout haut la remarque que le mouvement n'étoit pas encore donné, et regrettèrent de n'avoir pas suspendu leur marche, en gardant le sieur Chuzin avec eux.

» Ne voulant retourner sur leurs pas, ils se divisèrent : les uns suivirent des sentiers hors du bourg, et les autres continuèrent à accompagner le sieur Chuzin sur la grande route. Parvenu au milieu du bourg, le sieur Chuzin, pour se débarrasser de ses surveillans, leur abandonna son cheval ; il entra chez le sieur Chuzin, son parent, fit appeler le maire de Vizille, lui fit part de ce qui se tramoit, et de l'intention où il étoit de se rendre à Grenoble auprès des autorités, quels que fussent les dangers qu'il pût courir.

» Cependant ne pouvant prévoir quelle seroit l'issue de sa démarche, ignorant s'il lui seroit possible de parvenir jusqu'à cette ville, le sieur Chuzin instruisit M. le préfet de ce qui se passoit, par une lettre faite à la hâte, que M. Boulon, maire de Vizille, se chargea d'envoyer par voie sûre. Après cette précaution, le sieur Chuzin se mit en devoir d'exécuter son projet ; il s'échappa par une porte dérobée, traversa rapidement la plaine de Vizille, gravit la montagne de Cornage, franchit les marais de la Basse-Jarrie, les îles de Champagner, et, par des sentiers détournés, vint aboutir aux portes de Grenoble, et se rendit sur-le-champ à la préfecture, où il rendit compte de ce qu'il avoit vu, tel à peu près qu'il est contenu dans la présente ; il étoit alors neuf heures du soir.

» *Signé* le Chevalier DE RAVEL
et CHUZIN.

» Pour copie conforme à l'original resté entre mes mains,

» *Le Lieutenant-général*,
Vicomte DONNADIEU. »

Je demande maintenant à la France entière, qui de M. le ministre de la police ou de moi doit être comptable du sang versé ; sur quelle tête il doit retomber ? Ce ministre a été prévenu, averti pendant cinq et six mois à l'avance, de l'attaque qui se préparoit contre le trône et l'Etat. Il a refusé constamment de s'en occuper; il a persuadé au conseil que les avis que je donnois ne méritoient aucune attention. Cependant l'événement annoncé éclate; la conséquence de cet événement coûte la vie à plusieurs hommes égarés : qui doit être comptable? Qui est le coupable, le criminel, de celui qui a tout fait pour prévenir l'explosion, qui a dû se jeter au travers les flammes pour arrêter l'embrasement, ou de celui qui, par la plus simple surveillance, pouvoit tout prévenir, tout empêcher, et qui n'en a rien fait; qui, au contraire, a agi comme s'il eût voulu que ce vaste incendie ne rencontrât aucun obstacle? Quel est le but de l'institution de la police? quels sont les devoirs d'un ministre de la police, si ce n'est de connoître toutes les trames, tous les complots qui peuvent s'ourdir contre la sûreté de l'Etat, et d'en prévenir l'exécution? Des peuples entiers peuvent être entraînés par des factieux; c'est à la police à surveiller ces grands criminels, prémunir les peuples contre les piéges qu'on leur tend, en étendant sur eux une vigilance plus grande et plus sévère; et quand, au lieu de ces soins, on s'obstine à fermer les yeux sur les agitations qui précèdent les tempêtes; qu'on accuse même ceux qui les annoncent; qu'à la suite d'une telle conduite le vaisseau menacé du naufrage ne se sauve qu'en versant le sang des hommes, qui, je le répète encore, est responsable des sanglantes catastrophes qui arrivent? Qui est ici le véritable meurtrier de ses concitoyens, de celui qui forcé, pour le salut de tous, de faire peser le glaive des lois sur la tête des coupables, ou de celui qui devoit et pouvoit éviter qu'il y eût un seul criminel? Si un officier commandant les avant-postes d'une armée prévenoit le général que l'ennemi menace d'attaquer, que ce général se refusant à prendre aucune précaution, l'armée fût surprise, et ne fût sauvée que par le courage et le zèle de l'officier qui a annoncé l'attaque, est-ce celui-ci qui seroit responsable ensuite du sang qu'il en auroit coûté pour sauver l'armée, ou du général qui auroit méconnu ou trahi ses devoirs?

Si je devois répondre à ceux qui prétendent ridiculement m'accuser d'avoir soustrait les coupables à leurs juges naturels, je leur dirois que s'ils s'étoient donné la peine de lire dans le code des lois, le décret du 14 décembre 1811, qui n'a été abrogé par aucune nouvelle loi, ils auroient vu que dans les places en état de siége, les tribunaux ordinaires sont remplacés par les tribunaux militaires. La ville de Grenoble et le département de l'Isère étoient en état de siége : ils l'étoient de fait, par l'état de guerre où ils s'étoient mis contre le gouvernement ; et ils l'étoient encore par les ordres des ministres du Roi, en son nom. Ce ne sont pas des tribunaux créés *ad hoc,* qui ont jugé les coupables ; mais le premier conseil de guerre permanent de la division, devant lequel je les ai fait traduire. Ce jugement fut confirmé par le conseil de révision ; je les ai fait juger militairement, non-seulement parce que tel étoit le vœu de la loi, mais aussi parce qu'un châtiment prompt et sévère pouvoit seul prévenir une seconde tentative d'une population armée, qui n'avoit été que déconcertée, et non contenus par une poignée d'hommes.

Quant au détail de cruautés, cet indigne soupçon ne peut m'atteindre ; ceux qui m'accusent eux-mêmes ne le croient pas. J'en appelle au Dauphiné tout entier : qu'il parle, qu'il dise s'il m'a connu de tels sentimens ! J'ai dû remplir de pénibles devoirs, mais je les ai remplis en homme d'honneur, en homme de bien ; j'ai fourni une carrière honorable et sans tache ; les infamies et les absurdes fables que M. le ministre de Cazes s'est plu à faire répandre en France et dans les pays étrangers, ne peuvent rien contre moi ; j'ose espérer que notre pays nous jugera incessamment l'un et l'autre. Je demanderai à ce ministre comment il se fait qu'après avoir annoncé à la tribune des Chambres que cette sédition de Grenoble n'étoit rien, que ce n'étoient que quelques hommes qui venoient assister à des réjouissances : pourquoi, lorsque je lui ai demandé la grâce de sept des condamnés, a-t-il répondu *de les faire mourir sur-le-champ*..... Dans quelle contradiction les hommes que la passion ou le crime dirigent, ne sont-ils pas dans le cas de tomber ! celui-ci veut qu'il n'y ait point de principe de sédition ; la sédition éclate-t-elle? pour couvrir son ineptie ou sa culpabilité, il devient inexorable. Ce premier moment de crainte est-il passé? pour échapper au reproche de n'avoir rien su prévoir, il faut alors démontrer qu'il n'y a pas eu sédition ! Voilà depuis quatre ans quelle est la conduite de ce digne ministre, qui se joue à la fois du monarque dont il a surpris la confiance, et de la nation, au milieu de laquelle il a semé toutes les divisions et toutes les haines, en renversant à la fois tous les principes de justice. Dans quel dédale d'impostures n'a-t-il pas fallu chercher à cacher la vérité ! quelle torture n'a-t-il pas fallu donner à la raison et au bon sens, pour montrer le bien où étoit le mal, l'honneur où étoit la bassesse ! Oui, seul j'accuse ce ministre de tout le sang versé depuis quatre ans, et de tout le mal présent...... (1).

J'arrive à cette horrible et scandaleuse affaire de Lyon, dans laquelle aussi on a bien voulu me faire jouer un rôle, en introduisant un témoin qui a déclaré devant les tribunaux avoir été chargé par moi d'aller proposer au général Canuel de

---

(1) En accusant cet homme des maux passés et du malaise présent, quelles pensées pénibles et humiliantes n'éprouve-t-on pas pour l'honneur de son pays, en voyant quelles mains, quels ministres disposent de son sort !

m'entendre avec lui pour simultanément faire
soulever le Dauphiné, à l'instant où il feroit faire
un mouvement dans Lyon. Tous mes cheveux se
dressent à la pensée de cette infernale conception
du crime! sous le gouvernement légitime, (et qui
dit légitime, dit ce qui est juste par-dessus tout)
employer les mêmes moyens qui furent jadis l'op-
probre de notre pays, sous les règnes épouvan-
tables des Danton et des Robespierre, voilà ce
qu'un Français n'oseroit croire, et ne croira
pas peut-être! Je dois cependant avoir la convic-
tion intime que le témoignage, que la déclaration du malheureux qui est venu proférer tel
blasphême devant les interprètes des lois, a été
suborné et acheté par un agent de la police venu
de Paris, par un envoyé du ministre du Roi. Et
contre qui ce moyen *odieux* a-t-il été employé,
pour perdre des lieutenans généraux des armées
du Roi, par cela seul qu'ils lui avoient été fidèles,
et qu'ils avoient étouffé des conspirations qui devoient encore une fois renverser le monarque de
son trône ?.... Que les hommes de bien réflé-
chissent sur de telles manœuvres employées pour
prouver que nous étions, nous, les instigateurs
des rébellions que nous avons réprimées. J'ai fait
connoître comment j'avois été l'auteur du désastre
arrivé en Dauphiné. Je vais maintenant prouver
la part que j'ai prise à celui de Lyon, et jeter
quelque jour sur la combinaison criminelle qui
a voulu faire peser sur la tête du général Canuel
la responsabilité de ce triste événement.

Dans le discours que j'ai rapporté de M. le
comte de Cazes, dans la séance du 15 janvier 1817,
en se disculpant de n'avoir pas su prévoir la sédition du Dauphiné, ce ministre dit « que, quand
» il seroit vrai que l'administration auroit été im-
» prévoyante sur un seul point, il ne seroit pas
» moins vrai de dire qu'elle auroit encore bien
» mérité de la patrie par son succès sur tous les

» autres points du royaume. » Je ne sais sur quel
point du royaume l'administration de M. de Cazes
a eu quelque succès ; je sais qu'à Bordeaux, à
Paris, pas plus qu'à Grenoble, la police n'a point
empêché le sang français d'être versé. Mais comment s'est-il fait qu'après de tels malheurs, qu'a-
près s'être reconnue elle-même imprévoyante sur
les événemens de Grenoble, elle l'ait été encore
d'une manière aussi étrange sur ceux de Lyon,
surtout quand on lui prouvera, comme je vais le
faire, qu'elle a été instruite à l'avance du complot
qui se tramoit dans cette ville ?

J'avois écrit, pendant le courant du mois de
février 1817, aux ministres du Roi qu'une nouvelle
fermentation se manifestoit dans le Dauphiné ;
que je croyois que le siége de toutes ces menées
étoit dans Lyon ; qu'il étoit nécessaire de porter
une attention particulière sur cette ville. Le ministre de la guerre me répondit, le 10 mars suivant : « Monsieur le vicomte, les dernières com-
» munications que vous m'avez faites dans la der-
» nière quinzaine de février sur la situation des
» départemens qui composent la septième division
» militaire, ont été l'objet d'une attention sérieuse
» de la part des ministres du Roi : elles ont donné
» lieu à quelque rapprochement avec les rensei-
» gnemens venus d'autre source (1) ; et, de cet
» ensemble, il a paru résulter qu'en général des
» alarmes trop vives avoient été conçues ; des avis
» qui vous ont été donnés ont été reconnus
» n'être pas fondés, etc......... *Signé* le duc DE
» FELTRE. »

Je répondis à cette lettre immédiatement, le 15
du même mois. Je commençai par prier M. le duc
de Feltre de vouloir bien assurer au conseil que
je n'avois pas conçu de vaines alarmes ; que, pour

______

(1) Cette source étoit celle de la police.

mon compte, je répondois que, quelles que fussent les menées des agitateurs, dans le Dauphiné, elles échoueroient devant la fermeté des autorités et la bonne contenance des troupes; que, quant à ce qui se passoit dans la ville de Lyon, je me contentois d'envoyer à Son Excellence, pour être mise sous les yeux du conseil, la déclaration ci-après du brigadier de gendarmerie de la brigade la plus rapprochée de Lyon en Dauphiné.

Lettres du sieur Carlier, brigadier de gendarmerie à Saint-Laurent de Mure, à son capitaine.

Le 27 février 1817.

« Mon capitaine,

» J'ai l'honneur de vous rendre compte qu'il existe dans les environs de Lyon un rassemblement de buonapartistes, tous très-aisés, dont plusieurs sont du département de l'Isère; ils se réunissent très-souvent, s'écrivent sans se signer, et toujours sous prétexte de commerce. Il s'agit du massacre des *nobles* et des *prêtres*. Ils ont initié dans leur mystère une personne dévouée à la cause royale, et qu'ils croient avoir des motifs de se plaindre du Roi, pour la perte d'une place qu'occupoit son père; cette personne doit se rendre dans l'assemblée de ces scélérats : elle en a prévenu M. le préfet du Rhône, ainsi que M. le procureur du Roi à Lyon, de crainte d'être arrêtée comme complice; et son seul but est de connoître le nombre et les noms des individus qui composent cette bande.

» Je dois, lundi prochain, être prévenu des démarches qu'aura faites ce bon royaliste, et j'aurai l'honneur de vous tenir exactement informé du résultat.

» Il seroit possible que cette bande s'étendît jusqu'à Grenoble, parce qu'il se trouve sur cette route un maître de poste très-connu par son opinion. J'ai l'honneur, mon capitaine, de vous prier de garder le plus grand secret sur cette affaire; étant, divulguée trop tôt, elle pourroit manquer. Comptez sur mon entier dévouement à la personne sacrée du Roi.

» Agréez, etc.

» *Signé* CARLIER, brigadier. »

Deuxième lettre du même.

Le 5 mars 1817.

« Mon capitaine,

» Il y a environ huit jours que j'avois eu l'honneur de vous adresser une lettre qui ne devoit être remise qu'à vous seul ; elle renfermoit des renseignemens sur un rassemblement qui avoit eu lieu dans les environs de Lyon : cette réunion tend à changer et à détruire l'autorité du Roi, etc., à ériger la France en *république*. J'ai l'honneur de vous adresser ci-jointe une déclaration d'un individu qui fait partie de ce rassemblement. J'ai recueilli tous les renseignemens, tels qu'il en a fait la confidence à un brave homme qu'il croit de son parti. L'individu qui a fait cette déclaration est un nommé Troston, marchand de bois, propriétaire en la commune de Saint-Georges-d'Espéranche, canton d'Hérieux, arrondissement de la brigade de Bournay.

» Je dois recevoir sous peu une liste de proscrits ; sitôt que je l'aurai, j'aurai l'honneur de vous l'adresser sur-le-champ. J'ai l'honneur de vous prier de vouloir bien m'accuser réception de la lettre précédente, ainsi que de celle-ci.

» J'ai l'honneur, etc. *Signé* CARLIER. »

Déclaration faite par un individu qui conspire contre le Roi.

« 1º. Que la France étoit sur le point de s'ériger en république, ou, pour mieux dire, qu'on devoit déjà la considérer comme telle, tous les préparatifs étant faits, et que la révolution devoit éclater le même jour dans tout le royaume.

» 2°. Que les listes de proscription étoient déjà dressées; que lui (ce même individu) en avoit une copie entre les mains, qu'il a promis de faire voir à la personne à qui il en a fait la confidence le 3 mars courant.

» 3°. Que les personnes destinées à être portées sur les listes étoient désignées sous la dénomination de *chiens*, y plaçant en première ligne les *nobles* et les *prêtres*.

» 4°. Que la plupart des factieux ou conspirateurs étoient des gens très-riches, dont un grand nombre est de Lyon : mais qu'il y en avoit du reste de tous les cantons environnans.

» 5°. Les assemblées se tiennent aux Brotteaux près Lyon, et se terminent ordinairement par des banquets somptueux, donnés par les principaux chefs et les plus riches.

» 6°. Le même a déclaré avoir assisté, dans l'intervalle du 23 au 28 février dernier, à un repas de plus de quarante couverts, du prix de 300 fr., dont les frais ont été supportés par un seul d'entre eux, lequel est plus que millionnaire.

» 7°. Il doit y avoir au premier jour une seconde réunion qu'il n'a pu déterminer; mais il doit en être averti par un exprès, et ledit individu doit y conduire la personne à qui il a fait cette déclaration, en étant convenus ensemble.

» 8°. La même conspiration existoit avant le renouvellement des Chambres, époque à laquelle les assemblées cessèrent; lesquelles n'ont repris que depuis environ un mois ou cinq semaines.

» 9°. La correspondance ne se fait qu'en style énigmatique, et sans suscription. La personne à qui on a fait cet aveu en a vu plusieurs, adressées au déclarant.

» 10°. Enfin, d'après les propos dudit déclarant, il paroît que la bagarre devroit éclater tout prochainement.

» 11°. Ledit déclarant a en outre dit qu'une partie des troupes en station à Lyon leur étoit vendue, et qu'il y en avoit assez pour opérer la défection du reste, à l'événement de la débâcle.

» Cette pièce, écrite en entier de la main du brigadier Carlier, n'est point signée, et a été transcrite littéralement par le capitaine soussigné.

» Grenoble, le 8 mars 1817.

> » *Le Capitaine de gendarmerie du département de l'Isère,*
>
> » Signé MONNIER. »

Il me semble que de tels renseignemens méritoient quelque attention. Peu de temps après l'envoi de ces pièces, un inspecteur-général de police, le sieur Blondeau, venant de Paris, passant par Grenoble, à qui je parlai des détails qu'avoit transmis ce brigadier de gendarmerie, me répondit que cela ne méritoit aucun intérêt, que rien de tout ce qui étoit contenu dans le rapport n'étoit vrai. Cependant les progrès de l'effervescence se faisant vivement sentir sur plusieurs points de ma division, et notamment dans les cantons du département de l'Isère les plus rapprochés de Lyon, j'écrivis au ministre de la guerre la lettre suivante:

Grenoble, le 25 mai 1817.

« Monsieur le Maréchal,

» Le 25 du mois dernier, j'eus l'honneur de rendre compte à Votre Excellence, que quelques malveillans, profitant de la misère publique, avoient cherché à soulever une partie des habitans de l'arrondissement de la Tour-du-Pin, et principalement dans les communes de Saint-Chef, Morattèle et autres. A la suite d'un acte d'accusa-

tion, dressé contre une trentaine d'individus par
M. le procureur du Roi près le tribunal de première instance séant à Bourgoin, la Cour royale
de Grenoble a cru devoir, vu l'importance des
faits, envoyer sur les lieux un de ses présidens,
accompagné d'un conseiller et du greffier en chef,
pour en informer plus complétement.

» M. Dubois, celui des présidens de la Cour
royale, qui a été délégué pour cette information,
vient de me faire connoître à l'instant, qu'il
croyoit que le besoin et la misère n'étoient que le
prétexte des manœuvres qui avoient été pratiquées,
et que le véritable but étoit d'opérer une réunion
assez considérable, dans un rayon d'une vingtaine
de lieues de circuit, sur tous les points qui avoi-
sinent le plus les bords du Rhône et Lyon, pour
agir ensuite sous la conduite d'un général et d'un
colonel. L'un des prévenus de cette sédition, sur
les douze qui ont été amenés à Grenoble, a fait
cette déclaration. M. le président Dubois pense
que le foyer de toute cette petite trame est dans
Lyon : ce sont des individus de cette ville,
qui viennent parcourir les campagnes pour in-
quiéter et pousser les habitans à des mouvemens
insurrectionnels. En cas d'événement, j'ai fais
établir un détachement de cavalerie à Bourgoin,
pour seconder au besoin les autorités de cet arrondissement.

» Je suis, etc.
» *Le général commandant la septième
division militaire,*
» *Signé* le Vicomte DONNADIEU. »

Réponse de Son Excellence.

Paris, e 3 juin 1817.

« Monsieur le vicomte, j'ai reçu les lettres que
vous m'avez fait l'honneur de m'écrire, les 24 et
25 mai.

» A la première, étoit jointe celle qui vous a été

adressée par M. le comte d'Andzeno, commandant militaire du duché de Savoie, etc.

» La seconde contient des renseignemens sur
les tentatives faites pour soulever une partie de
l'arrondissement de la Tour-du-Pin, et des con-
jectures sur la liaison de ces manœuvres avec
celles des malveillans de Lyon, et la rentrée de
l'ex-chef de bataillon Biolet. *J'ai fait part de vos
réflexions au ministre de la police générale.*

» J'ai l'honneur d'être, etc.

» *Signé* le Maréchal Duc DE FELTRE. »

Voilà comme je m'entendois avec le général
Canuel pour faire soulever les provinces soumises
à notre commandement. Que les hommes honnêtes,
vrais et sans passion, jugent entre nous et M. de
Cazes, quel est le véritable instigateur et fauteur
des troubles publics. Après avoir lu cette correspondance qui ne laisse aucun doute sur la surveillance particulière que ce ministre devoit apporter
sur la ville de Lyon, que penseront-ils, dis-je,
non seulement sur l'explosion d'un événement si
positivement annoncé, mais bien plus encore sur
ses monstrueuses conséquences?......... Malgré le
peu de cas qu'on fasse de nos avis, malgré même
les reproches que nous valent nos avertisse-
mens (1), nous ne cessons de prévenir sur les mou-

_____

(1) Il y a une chose à observer dans cette circonstance, c'est
que je fus blâmé par le ministère pour les mouvemens de troupes
que j'avois fait faire, précaution sans laquelle j'ai la certitude
qu'un événement pareil à celui de Lyon auroit eu de nouveau
lieu en Dauphiné. Toutes les provinces de France furent alors
agitées, partout presque il y eut des séditions, et l'ordre ne fut
pas un moment troublé dans les départemens de la 7e division,
quoiqu'ils fussent ceux du royaume qui eurent le plus à souffrir
de la disette. Un ami de M. de Cazes, commissaire de police,
M. de Sainneville, dans un écrit qu'il a publié sur la rébellion de
Lyon, en accusant le général Canuel de ne l'avoir pas empêchée
en faisant faire au dehors des détachemens à ses troupes, m'accuse, moi, d'avoir alarmé les habitans du Dauphiné dans ce
même moment, par ceux que je fis faire aux troupes sous mes
ordres.

vemens qui se préparent. Ces révoltes éclatent-
elles, la sûreté de l'Etat est-elle compromise,
à peine ceux qui avoient tout fait pour en prévenir l'éclat les ont-ils comprimées, qu'ils *en
deviennent* les auteurs, qu'ils sont poursuivis,
attaqués, traduits devant les tribunaux comme
tels? Cherchez dans les annales, dans les fastes
des nations, une perversité de crime qui égale
celle - là ! Mais ce n'est pas le ministre de la
police, dira-t-on peut-être, qui a poursuivi ainsi
M. le général Canuel; non, sans doute, ce n'est
pas lui directement qui l'a fait comparoître devant
les tribunaux; mais quel est l'homme en France
qui doute que lui seul ne soit l'auteur de ce tissu
scandaleux d'infamies? A Grenoble, la sédition
n'a *pas existé*, on n'a pas osé davantage ; mais à
Lyon, puisqu'elle avoit aussi échoué, il a fallu
mieux faire que cela ; il a fallu que le général
même qui avoit ruiné une aussi belle entreprise,
en *devint* l'auteur. Voilà l'action la plus auda-
cieuse et la plus inouïe ; voilà comme M. de Cazes
a su se justifier de n'avoir pas voulu ou su prévenir
un complot contre l'Etat, qui a coûté la vie à
dix-sept individus. Combien il eût été à désirer
que MM. les députés eussent demandé compte
d'un pareil attentat ! On passe des mois entiers à
s'occuper d'argent, on demande au ministre des
finances les détails les plus minutieux sur l'emploi
des subsides, et l'on n'élève pas la voix pour
demander compte de la vie et de la liberté des
citoyens, à celui entre les mains duquel on les a
confiées.

M. le ministre de la police peut impunément se
jouer de l'une et de l'autre, et voilà les garanties
sociales que nous offre le système représentatif !
Si c'est ainsi qu'on entend cette forme de gouvernement en France, je doute qu'il y ait un seul esprit
sage, dans notre pays, qui ne préfère le despotisme
le plus absolu ; au moins, là, il n'y a qu'un seul

maître : le despote a quelque intérêt à conserver l'Etat qui est son patrimoine, tandis que chacun exploite l'Etat pour son compte sous une tyrannie ministérielle. Je demande si les communes d'Angleterre auroient laissé passer sous silence des actions de la nature de celles que nous décrivons, où l'on s'est joué avec la plus impudente audace, non seulement de la vie des hommes, mais de toutes les garanties sociales ? Quelle confiance peut-il exister maintenant entre les gouvernans et les gouvernés, entre les administrateurs et les administrés, si l'autorité chargée de protéger et de défendre a, au contraire, pu tendre des piéges aux citoyens, pour les traîner sur les échafauds, comme on a voulu le faire entendre ; ou si, au contraire, après avoir rempli son devoir, et fait respecter les lois, l'autorité a été traitée comme criminelle, comme l'agent du désordre ? qui voudra, à ce prix, administrer et commander une province ? qui osera s'opposer à toutes les rébellions, à toutes les conspirations qu'on voudra ourdir et tramer contre l'Etat ? C'est alors que, par le fait, la grande maxime de nos temps de misère et d'infortune se trouve parfaitement établie : *l'insurrection est le plus saint des devoirs.* Ainsi, plus de gouvernement, plus de lois ; c'est à qui osera, à qui voudra s'emparer de la souveraine puissance. Et les députés chargés par la nation de défendre ses droits, chargés du maintien sacré des lois, n'ont pas accusé hautement ce ministre, n'ont pas dressé contre lui l'acte d'accusation le plus formel ! n'ont pas exigé impérieusement, pour l'honneur de notre pays, dans l'intérêt éminent de la société, que le ministre ou le général payât, l'un ou l'autre, de sa tête, le forfait nouveau qui venoit d'être commis ! Inutilement on diroit que la majorité de la Chambre ne se seroit pas rangée à cet avis : qu'importe, pour un honnête homme, la majorité ou non ? Il n'en doit pas moins faire son devoir, remplir courageusement son mandat, élever la voix contre tout ce qui est criminel, et contre tout ce qui blesse les intérêts de son pays. Un soldat ne s'informe pas s'il vaincra ou ne vaincra pas l'ennemi; il commence par le combattre, meurt ou venge sa patrie. Chacun doit en faire autant dans le poste que l'Etat lui confie, en faveur de tout ce qui est juste et beau. Et d'ailleurs, seroit-il vrai que l'attaque eût été sans succès? N'est-ce pas déjà un grand bien de démasquer le vice, de le dénoncer à l'opinion? La tribune nationale est faite pour cela ; c'est par elle qu'un peuple régi par un gouvernement représentatif doit être instruit de tout ce qui lui est utile ou nuisible.

Quelle que soit la démoralisation des hommes, l'évidence de la vérité, comme la clarté du jour, frappe tous les yeux et en reçoit un juste hommage: c'est pour avoir négligé une aussi belle occasion, pour avoir abandonné un aussi beau champ de bataille, pour défendre et consacrer les principes, qu'ils ont été de toute part (ces principes) battus en ruine. Qui croiroit que la foi du serment, « cette » religion sainte du serment, dit Montesquieu, » qui, lorsque tout étoit perdu au milieu de Rome, » étoit encore l'ancre de salut; » qui croiroit, dis-je, qu'elle est devenue un titre de proscription parmi nous? Ce n'est pas crime ici, c'est folie, c'est pure démence, qu'un gouvernement consacre de telles maximes. Y a-t-il une société où les engagemens remplis, où le respect envers les lois établies soient des motifs de réprobation? Nous voilà donc retombés, par l'extrême civilisation, dans l'état de nature? C'est au premier occupant, au plus audacieux, que la société appartient. Il ne faut plus, en France, que s'emparer du château des Tuileries, pour être le souverain et le maître de l'Etat. La nation est avertie que quiconque s'armeroit en faveur du trône et oseroit méconnoître un tel principe, sera déclaré indigne d'occuper aucun emploi public, et poursuivi comme professant des doctrines anti-nationales ; et ce sont les ministres du Roi, les ministres du Roi légitime, remonté sur le trône par ce dogme sacré de la légitimité, qui, par leurs actes de tous les jours, font cette déclaration et la renouvellent à toutes les heures sous les yeux du Monarque et en présence de la France entière (1). Et l'on demande ensuite des sermens aux hommes ! Est-ce par dérision, ou est-ce un piége qu'on espère tendre à la bonne foi et à la crédulité publique ? Il n'est pas un malheureux sous-lieutenant, il n'est pas un petit employé qui ne craigne tous les jours de perdre son état et sa fortune, par cela seul qu'il a été fidèle au serment qu'on lui a demandé ; et le même jour qu'on expédie la destitution à ceux-là, pour la foi qu'ils ont gardée, on a l'impudeur de demander à celui qu'on appelle, le même serment qu'on proscrit dans les autres. Dites, après cela, où sont les règles du devoir, si jamais l'esprit humain a été torturé de la sorte, si jamais l'absurde et le criminel ont été à ce point réunis ? Dans quel temps, dans quel pays a-t-on insulté la raison et poussé l'ironie de l'immoralité à ce degré ? Ce n'est pas le tout de réprouver ceux qui ont été fidèles aux lois de la patrie dans la dernière invasion qu'a éprouvée notre malheureux pays, mais encore ceux qui ont voulu donner des gages au gouvernement légitime, ont été immédiatement châtiés. Un colonel, qui avoit commandé un régiment pendant les cent-jours, fut renvoyé au retour du Roi, comme tous les autres ; ce colonel se trouvoit à Grenoble lors de

___

(1) M. de Cazes a l'impudeur de venir dernièrement à la tribune des députés faire l'éloge des élèves de l'École de Droit qui ont suivi le Roi à Gand, et pas un député ne s'est levé pour lui demander si c'étoit pour joindre l'insulte à la dérision qu'il venoit tenir un tel langage, lui qui se fait une occupation journalière de proscrire tous ceux qui ont tenu la même conduite ; c'étoit sans doute pour déclarer incapables ceux de ces jeunes gens qui se présenteroient aux examens, qu'il en parloit ainsi.

l'insurrection du mois de mai. Le soir même de cette insurrection il vint chez moi, en me disant que puisqu'il avoit mal fait en s'armant pour Buonaparte contre le gouvernement légitime, il venoit, dans cette circonstance où une nouvelle révolution se présentoit, réparer cette faute, et m'offrir ses services. Plein de confiance dans la bonne foi de cet officier supérieur, je n'hésitai pas à l'employer. Satisfait de sa conduite, je m'empressai d'en rendre compte à S. M., qui de suite, en récompense de cette action, le nomma colonel titulaire de la légion de Vaucluse. Eh bien ! depuis dix-huit mois ce malheureux officier est poursuivi comme assassin, traduit de tribunaux en tribunaux pour l'action même dont le Roi l'a récompensé, et pour avoir exécuté mes ordres. Ce colonel, père de cinq enfans, n'a d'autre fortune que son épée qu'il a noblement acquise, au prix de son sang, en servant la patrie ! Que de citations ne ferois-je pas, si je voulois indiquer toutes les révoltantes iniquités de ce genre, froidement exécutées tous les jours ?

Il y a trois ans on nous parloit d'union et d'oubli ! Quel est le cœur français qui n'entendoit ce langage, et ne s'ouvroit à ces doux sentimens ! Qui n'étoit heureux de marcher, confondus sous les mêmes enseignes, à la prospérité de notre pays ? C'est encore ici un nouveau piége tendu à la loyauté française : le jour même où l'on proclamoit cette belle maxime, le ministre qui l'avoit dans la bouche, semoit partout la discorde et la haine, appeloit à lui tous les souvenirs, réveilloit tous nos malheurs publics, ressuscitoit de leurs tombes des temps de désastres et d'horreurs, inconnus par nous, pour remettre encore une fois en scène ces mêmes désastres, où toutes les ambitions, où toutes les passions doivent venir se déchirer et s'engloutir, en entraînant avec elles la chute du trône et de l'Etat. Voilà l'oubli et l'union

que M. de Cazes nous a prêchés. L'on n'en vient
pas encore ouvertement aux mains, le sang ne
coule pas encore par torrens ; mais qui peut se
dissimuler le degré d'exaspération qu'on a jeté
dans toutes les âmes ? On pouvoit, avant ce jour,
professer des opinions différentes, et vivre dans le
même cercle, courir la même carrière : à présent,
tout est tranché jusque dans le sein des familles ;
chacun voit un ennemi dans celui qui professe une
opinion différente de la sienne ; et ces opinions
diverses où ont-elles pris naissance ? Dans la va-
nité et l'amour-propre blessés de ce même homme,
cause de tous nos maux. C'est lui qui les a créées,
aigries, exaltées ; comment cela eût-il été autre-
ment ? Il faudroit bien peu connoître le cœur humain pour douter d'un tel résultat, alors qu'on
renversera toutes les idées positives du bien et du
mal, sera-t-il jamais possible de faire comprendre
à des hommes qui ont rempli les engagemens qu'on
leur a demandés, qu'ils sont pour cela coupables,
qu'ils méritent les plus mauvais traitemens, que
désormais ils doivent être réduits à l'état d'ilotes,
et que c'est à ceux qui les ont oubliés, ces mêmes
devoirs, qu'appartiennent les distinctions et les
avantages de la société ? Par ce seul fait contre nature, c'est allumer la guerre au milieu des hommes,
c'est les rendre irréconciliables, lorsque, par la
marche naturelle des choses, il ne dépendoit que
du gouvernement de les réunir, en les mettant
tous au même droit. Ainsi se seroit faite l'union
dont on a tant parlé sans jamais la vouloir. Rien
n'étoit plus facile, parce qu'en France, plus que
dans aucun autre pays du monde, le gouvernement peut tout ce qu'il veut, lorsqu'il ne choque
pas évidemment la raison et la justice : un peuple
éclairé, quelles que soient même son indifférence et
sa légèreté, ne peut pas se gouverner long-temps
par le crime ou la folie. L'ambition de quelques
uns, la haine et les passions de quelques autres,

peuvent bien se servir de ces extravagances, les faire tourner un moment à leur profit; mais, un peu plus tôt ou un peu plus tard, la raison et la vérité doivent reprendre leur empire.

Si l'on sort de ces perpétuelles folies dans les actes journaliers de ce ministère, folies qui corrompent et anéantissent la morale publique, flétrissent tous les nobles sentimens, en détruisant toutes les véritables idées de vertu et d'honneur, quelles extravagantes contradictions ne trouverons-nous pas dans toutes nos institutions, par rapport au gouvernement que nous avons? C'est la légitimité sur laquelle s'appuient toutes nos espérances de repos et d'ordre, et le gouvernement de fait est inoculé dans tous les esprits par le plus puissant moyen, par l'intérêt; car nul homme en France ne peut désormais trouver le sien, qu'en professant ce principe..... Nous sommes régis par une monarchie, et nos lois fondamentales ne tendent qu'à la démocratie. Le Roi est le chef suprême de l'armée, elle ne doit absolument connoître que lui, ne craindre et n'espérer que de lui; l'existence de l'Etat tient à ce grand principe. Une loi d'avancement lui enlève une partie de ses plus belles prérogatives; l'armée doit surtout être étrangère à toutes les abstractions de gouvernement, et ne savoir qu'obéir; et l'on vient parler aux troupes de constitution, d'indépendance, de nation, ce n'est plus du Roi qu'il faut leur parler, c'est du *gouvernement*, c'est-à-dire de tous les gouvernemens possibles, pour celui qui occupera le château des Tuileries ! Au second retour du Roi, l'armée a été licenciée. On en a organisé une nouvelle dans un esprit différent : à peine cette organisation est-elle achevée, que cette nouvelle armée à qui l'on doit cependant de n'avoir pas vu un second 20 mars, est torturée, décimée, *parce qu'elle est trop royaliste*. Comment, avec ces misérables oscillations, des

soldats n'appartiendroient-ils pas au premier factieux qui voudra les entraîner ? quelles idées de
devoirs leur donne-t-on? que leur apprend-on à
aimer, à respecter? Il leur est même défendu de
boire à la santé du Roi, en fraternisant avec
leurs camarades, lorsque les légions se rencon-
trent! Pour cela plus de réceptions de corps, plus
de repas de corps. On a fait une loi d'avancement pour que chacun obtînt à son tour le grade
qu'il a mérité par ses services, et l'on s'est ré-
servé le droit de destituer arbitrairement sans
donner ni raisons ni motifs. C'est encore ici
une de ces déloyautés si communes à ce ministère,
une espèce de guet-apens tendu à la bonne foi
de l'armée; qu'importe qu'un officier obtienne le
grade qu'il a mérité, si vous vous réservez le droit
de lui enlever son emploi, son état avec moins
d'égards que vous n'en mettez à chasser le dernier
mercenaire? Jamais on n'a tant parlé des droits de
l'armée, de la gloire qu'elle a fait rejaillir sur la
France, et jamais elle n'a été traitée avec moins
d'estime, jamais le caprice et l'arbitraire n'ont autant pesé sur elle. On renvoie un malheureux officier qui a dix, quinze ans de service, en lui don-
nant du pain pour cinq ans, s'il n'a pas d'autre
ressource; un colonel, un officier doit aller men-
dier ensuite en présentant son épaulette et son
épée, ou se noyer (1). Dans un pays où il se perçoit
un milliard de contributions, l'on n'a pas su trouver cinq millions avec lesquels tous les officiers de
l'armée eussent été également payés et placés sur

---

(1) Que résulte-t-il de ces dégoûts dont on accable les militaires? c'est que tous les officiers qui ont un peu de fortune
donnent leur démission. Qui voudra entrer dans une telle
carrière, où il y a tout à perdre et rien à espérer ? Un sergent
refusera d'être officier, parce que le traitement de ce grade ne
peut suffire pour vivre et s'habiller, et un citoyen aisé ne
voudra pas l'être. Désormais il n'y aura plus que des commis-
saires de police en France : c'est par là seulement qu'on pourra
arriver à tout.

la même ligne. Non, il a fallu seulement faire une organisation pour avoir la facilité de renvoyer de l'état-major, de faire sortir de l'armée du Roi, tous ceux qui l'avoient servi pendant son exil, et tous ceux qui avoient obtenu des grades de lui depuis son retour. Les énormes contributions que la France paie, sont employées à entretenir une bureaucratie immense, vraie rouille qui corrode tous les ressorts de l'Etat, et à laquelle tout est sacrifié. Il faut cinquante-cinq ans d'âge et trente ans de service à un lieutenant-général, pour obtenir une retraite de 6000 fr. ; un commis, chef de bureau d'un des ministères, en a autant après avoir passé cinq à six heures par jour pendant quelques années, très-douillettement assis devant un bureau.

On objectera peut-être la considération attachée à l'officier-général ; elle est grande, cette considération, pour un homme qui a à peine du pain, dans un pays où toutes les faveurs, toutes les grâces découlent de la police ! Où sont employées les immenses contributions que la France envoie à Paris ? A quoi M. le ministre de l'intérieur et de la police emploie-t-il ses budgets secrets ? à tout corrompre, à tout acheter, les consciences et l'honneur, à soudoyer les journaux étrangers pour vomir toute espèce d'injures et de calomnies sur ce que la France renferme de plus respectable et de plus distingué.

Je doute que depuis que les hommes vivent en société, il se soit jamais vu un état de choses aussi digne de pitié et de mépris ; un ministre et des ministères aussi ignorans, ou aussi criminels ! On a beau invoquer la Charte, parler de la Charte, inutilement la Divinité elle-même donneroit-elle une constitution à un peuple, si le soin de la faire marcher est mis dans des mains impures. Il n'est point si bonne loi par elle-même, que des intrigans et des hommes corrompus n'en puissent faire une cause de malheur et de ruine pour une nation. Il faut conclure de là, que la meilleure de toutes les constitutions, de toutes les Chartes, est de confier les emplois publics, les grandes magistratures, à des hommes intègres et vertueux, ce qui n'a pas encore été fait depuis qu'on nous constitutionnalise. Beaucoup moins de cette petite science de l'école, et un peu plus de bonne foi et de probité, voilà ce qui seroit nécessaire.

L'horreur du crime et de l'injustice m'a fait prendre la plume, non moins pour la défense de tant de braves gens, victimes comme moi de la fidélité à leurs devoirs, que pour venger mon honneur outragé par des soupçons injurieux. J'ai dégagé la vérité du milieu de toutes les impostures sous lesquelles on a cherché à l'ensevelir. Puissent ces vérités éclairer le Prince et la France, tourner à l'avantage de l'un et de l'autre, apprendre à tous que les plus belles lois du monde, les législations les plus parfaites ne peuvent rien pour le bonheur et la sûreté des hommes, sans ces deux grands mobiles sur lesquels toutes les sociétés humaines sont appuyées, *la justice* et *la vérité*, non en vaine théorie, non en vaines déclamations comme nous en avons fait la triste expérience depuis trente ans, mais dans leur constante pratique, dans toutes les actions de la vie civile et politique ! Si ces belles qualités ne pouvoient convenir à des gouvernemens éphémères et criminels, le trône de saint Louis et de Henri IV ne peut être défendu et soutenu que par elles.

Dans l'analyse de tant de criminelles extravagances, j'avois oublié de parler de cette *Correspondance privée*, de cette nouvelle méthode de calomnie, de ce nouveau moyen aussi lâche que vil, d'aller au loin vilipender son pays, en répandant le venin et le poison sur ses concitoyens.

Avoit-on connu, jusqu'à ce jour, une action aussi basse, aussi anti-nationale, aussi anti-française, que cette manière d'insulter, d'attaquer les réputatious, de ternir les actions des hommes? C'est avec ce loyal procédé qu'on nous a fait, nous, conspirer contre le monarque, nous qui l'avons sauvé, et la France avec lui! Encore ici un de ces exécrables moyens des hideuses époques de notre histoire! Il falloit présenter au *Congrès d'Aix-la-Chapelle*, une portion de ses concitoyens comme les ennemis du trône; il falloit là, aller avilir et traîner l'honneur de son pays, en implorant pour soi l'appui de l'étranger, contre ceux des honorables Français qui blâment MM. les ministres, afin de justifier aux yeux de l'Europe, un système aussi inique qu'absurde; il falloit créer pour cela une conspiration, et y envelopper tous ces mêmes Français, tous ceux qui avoient le plus éminemment servi le Roi, tous ceux qui lui avoient donné les plus grandes preuves de dévouement, dans les conseils, comme à la tête des troupes; il falloit atteindre, s'il étoit possible, jusqu'à la personne du *prince héréditaire*, pousser l'audace jusqu'à oser faire conspirer contre la vie du *Monarque*, son *auguste frère*. Voilà un des beaux faits d'armes de M. de Cazes à ajouter à ses exploits de Grenoble et de Lyon : on a jeté dans les cachots, sans aucune espèce d'égards, comme de misérables assassins, des généraux, des officiers distingués, par cela seul qu'ils avoient servi fidèlement le Roi, qu'ils avoient versé leur sang en défendant les bannières blanches; on a plongé dans un humide souterrain un lieutenant-général des armées du Roi, comme un vil *malfaiteur*, un général que ces mêmes ministres avoient présenté aux Français l'année précédente, à l'heure même qu'éclata l'affaire de Lyon, comme ayant sauvé cette ville, et rendu un signalé service à la France. Les ministres, qui le jour qu'ils firent descendre ce général dans l'infect cachot qui l'attendoit, alors que là, sans défense, privé de tout secours, il n'avoit d'autre appui que la loi, eurent l'insigne lâcheté de se transformer eux-mêmes en dénonciateurs, de publier aux yeux de toute l'Europe un acte d'accusation contre lui. Qu'on lise l'article du *Journal des Débats*, alors soumis à la censure, l'article daté du même jour où le général Canuel fut mis au secret, l'article digne des beaux jours de 93, et auquel un jeune avocat, plein de courage et d'honneur (M. Berryer fils), se fit un devoir de répondre. Cette honteuse note fut apportée au rédacteur du journal, par un gendarme venu de l'hôtel d'un ministre. Et de quel ministre? De celui de la justice! de celui de la justice, sous la sauve-garde duquel le général Canuel étoit placé! Voilà, Français, à quoi sont employées par MM. les ministres les formes tutélaires de la justice, les garanties sacrées des lois : et de telles prévarications restent impunies!... O France! ô ma patrie! noble et généreux royaume des Francs, devois-tu revoir encore de telles infortunes! C'est à vous que j'ose m'adresser, à vous, fils de *saint Louis!* O vous, sacré dispensateur de toute justice! que nos têtes tombent si nous sommes coupables, si nous le sommes pour avoir été fidèles aux engagemens que vous nous avez demandés, pour avoir rempli nos devoirs, pour vous avoir défendu! ou que celles des ennemis de l'Etat expient, en tombant, l'honneur du trône et de la France aussi indignement outragés!

Le lieutenant-général,

Vicomte DONNADIEU.

Paris, le 4 septembre 1819.

IMPRIMERIE DE LE NORMANT, RUE DE SEINE.